P9-EJS-426

JE PEUX LIRE!
NIVEAU 2
150–250 MOTS

Clifford
et les dinosaures

Je peux lire! — Niveau 2

NORMAN BRIDWELL

Texte français d'Isabelle Allard

Éditions
SCHOLASTIC

Aujourd'hui, Émilie et ses amis
vont visiter l'Expo Dino.

Clifford
et les
dinosaures

Pour Dashiell Winslow del Barco

L'auteur tient à remercier Frank Rocco et
Grace Maccarone pour leur contribution à ce livre.

((je peux lire! Niveau 2)
Titre original : *Clifford and the Dinosaurs*
Pour enfants de 3 à 6 ans.
ISBN : 978-1-4431-2534-5

Édition publiée par les Éditions Scholastic, 604, rue King Ouest, Toronto (Ontario) M5V 1E1.

5 4 3 2 1   Imprimé au Canada   119   13 14 15 16 17

Y vont-ils en voiture?

Non. Ils y vont comme ça!

Les oiseaux sont surpris de voir
des enfants si haut.

Les gens aussi sont surpris.

Les filles et les garçons sont contents
d'arriver à l'Expo Dino.

C'est la première visite de Clifford
au musée.

Il pense que ce dinosaure est vivant!
Il a peur.

Mais Clifford est brave.

Il renifle le dinosaure.

Il essaie de jouer avec lui.

Oups!

Clifford voit bien que ce n'est pas
un vrai dinosaure!

Clifford et les enfants regardent
un très gros dinosaure.

Puis ils en regardent un très petit.

Ils voient des bébés et des œufs
de dinosaure.

Ils voient un dinosaure avec des plaques
sur le dos

et un dinosaure avec des ailes.

Un petit garçon montre Clifford du doigt.
— Quelle sorte de dinosaure est-ce?
demande-t-il à sa mère.

— Ce n'est pas un dinosaure,
répond-elle. C'est un gros chien rouge.
— Est-il vivant? dit le garçon.
— Non, dit sa mère.

Mais Clifford lui prouve qu'il est
bien vivant.

Elle n'a pas l'air d'aimer ça!

Clifford et ses amis voient un dinosaure qui a de très grosses dents. Il est effrayant!

Clifford entend des cris.

C'est la mère du petit garçon.

— J'ai perdu mon garçon! crie-t-elle.

Clifford renifle la maman.

Il renifle l'air.

Il se met à courir.
Tout le monde le suit.

Clifford court jusqu'aux œufs
de dinosaure.

Le petit garçon est là.

Il est content de voir Clifford.

Sa mère est contente de le retrouver!

Et Clifford est content de les avoir aidés